KB190491

연탄이

연탄이

초판 1쇄 인쇄일 2021년 10월 20일
초판 1쇄 발행일 2021년 10월 27일

지은이 | 로스 민
펴낸이 | 양옥매
디자인 | 김영주
교　정 | 조준경

펴낸곳 도서출판 책과나무
출판등록 제2012-000376
주소 서울특별시 마포구 방울내로 79 이노빌딩 302호
대표전화 02.372.1537 **팩스** 02.372.1538
이메일 booknamu2007@naver.com
홈페이지 www.booknamu.com
ISBN 979-11-6752-033-3(03810)

연탄이

로스 민 지음

책나무

content

III. 회복, 그리고 기적

IV. 후기

V. 수다, 못다 한 이야기

part 1

만남에서
행복의 극점까지

다가가면 물러서지만 멀리 가지도 않습니다

천천히 움직이며 일정 거리를 유지합니다

우린, 그렇게, 가깝지도 멀지도 않은

'평행 관계'를 유지합니다

모성

2016년 가을.

사우디 사막에서 일했던 때, 사무실 주변에 길고양이가 보였습니다. 엄마 고양이 뒤를 아기 고양이 한 녀석이 졸졸졸 따라다녀요.

엄마 고양이는 패셔니스타입니다. 하얀 바탕에 검정, 하양, 노랑이 멋지게 섞였어요. 우아합니다. 고개를 거만하게 쳐들고 모델 워킹을 합니다. 유유히 나타났다가 사라집니다.

'뭐, 그런갑다.'

근데 얘네들이 사무실 주변을 계속 왔다 갔다 합니다. 게다가 볼 때마다 아기 고양이가 자꾸 더 많아져요. 하나, 둘, 셋, 넷, 다섯….

어느 날 비가 부슬부슬 내리는데, 다섯 아기들이 엄마 배에 착 달라붙어서 젖을 먹으려고 아등바등, 엄마 고양이가 날 쳐다봅니다. 많이 힘들어 보여요. 엄마, 아기 모두 비쩍 말랐습니다. 먹을 게 없어서 젖이 안 나오나…?

'아이구… 이 녀석들, 신경 쓰이네.'

태어나서 처음 길고양이한테 먹을 걸 줘 봅니다. 사료, 물, 우유를 놔뒀어요. 엄마 고양이는 나를 엄청 경계합니다. 아기들이 사료를 먹는 동안 나를 힐끔힐끔 쳐다보며 우유만 홀짝거립니다.

아기들이 사료를 다 먹고, 배도 **빵빵**하고, 장난칠 거리를 찾아 왔다 갔다 하자, 엄마 고양이는 그제야 사료에 입을 댑니다.

'아, 모성이란!'

나중에 간식으로 참치를 줘 봤는데, 엄마 고양이는 아가들이 참치를 허겁지겁 맛나게 먹을 동안 사료만 오독오독 씹으며, 고양이계 최고의 음식, 참치를 자식들에게 양보합니다.

'도도의 지극한 모성 때문에,
아놔… 내 심장이 쫄깃쫄깃!'

👍 좋아요　　　💬 댓글달기　　　🔗 공유하기

수정
모성… 어버이날이라 그런가요? 울컥

P
한 모금 먹고 경계하고 한 모금 먹고 경계하고!!! ㅋ

A
아가들이 너무 이뽀예!

도도

그 후, 엄마 냥이(고양이)는 내 주변을 맴돕니다. 나를 빤히 쳐다보며 뭐라 뭐라 합니다. 다가가면 물러서지만 또 너무 멀리 가지도 않습니다. 천천히 움직이며 일정 거리를 유지합니다.

우린, 그렇게, 가깝지도 멀지도 않은
평행 관계를 유지합니다.

이 녀석은 다른 고양이처럼 바람에 날리는 비닐봉지를 절대로 경망스럽게 쫓아가며 뛰댕기지 않습니다. 도도해요. 동네 총각들 꽤나 울렸겠구먼.

그래, 지금부터 엄마 고양이 이름은 '도도'.

사무실 뒤쪽에 못 쓰는 의자들이 그대로 널브러져 있습니다. 이곳은 아기 길고양이들의 놀이터입니다. 부서진 의자들 사이로 왔다 갔다 숨바꼭질, 사냥 놀이…. 행여 어수선한 의자들 때문에 다치진 않을까, 아슬아슬해요.

👍 좋아요   💬 댓글달기   🔗 공유하기

K
아고 이뻐라~~♡♡

J
앗 ㅠㅠㅠㅠㅠ 왜 이렇게 슬퍼 보여요 ㅠㅠㅠㅠ

입주

또 어느 날은 사우디에서 드물게도 비가 주룩주룩 내리는
데, 녀석들은 비를 맞으며 뭐가 그리 바쁜지 부산하게 왔다
갔다 합니다.

'아놔… 진짜 이 녀석들, 드럽게 신경 쓰이게 하는구만.'

이렇게 자발적 집사의 늪에 빠집니다. 그러다 문득 사무실
옆, 못 쓰는 계단에 눈길이 갑니다.

'음….'

머릿속에서 설계도가 그려집니다. 종이박스로 지붕 덮기.
벽돌로 고정하기. 바닥에 종이박스 깔고 이불 덮기. 15분
간 최첨단 공법으로 뚝딱뚝딱. 도도 가족은 '저 아저씨 지
금 뭐하는 거지.' 호기심 가득한 표정으로 건설 과정을 감
독합니다.

볕이 고운 어느 날.
이 녀석들, 계단에 옹기종기 모여 있습니다.

계단 집은 비 오면 피하고, 햇볕이 따가워도 피하고, 배고
프면 먹고, 목마르면 마시고, 출출하면 간식, 심심하면 뒹
굴고, 졸리면 자고, 나른하면 널브러지는 곳이 됩니다.

이제 이곳은 도도 가족에게
놀이터, 쉼터, 그늘, 우산, 별장,
그리고 포근한 집이 됩니다.

👍 좋아요　　　💬 댓글달기　　　⌂ 공유하기

보라
3단 캣타워! 효과적인 3단 공법 별장! 너희들은 왜 사막에 있기만
한 건데 주거지가 제공된단 말이냐? 왜?

은영
눈물겹게 그림 같은 풍경이네요~ 보는 것만으로도 맘이 따뜻해집니다.^^

혜정
도도 패밀리~ 경축! 무료 무제한 호텔 이용권을 획득하셨습니다.

가족사진

계절이 바뀌어 어느 겨울날, 나가 보니 새 별장에서 도도 가족이 다들 몸을 다닥다닥 붙어 앉아 있어요. 쌀쌀함을 체온으로 녹이고 있습니다. 그 모습이 너무 재밌고 귀여워서 핸드폰을 들이대자, 마치 "얘들아, 가족사진이다." 카메라를 쳐다봅니다. 도도의 썩은 미소가 웃깁니다. 귀한 사진을 득템했어요.

👍 좋아요   📩 댓글달기   👤 공유하기

H
졸려 하는 표정이 너무 귀여워요 ㅠㅠㅠㅠ♥♥♥

채연
우~해! 진짜 소중한 사진이겠어요.

왕따

그러던 어느 날.

도도 가족한테 밥을 주고, 맛있게 먹는 걸 흐뭇하게 보고 있
는데…
갑자기…
느닷없이…
생판 처음 보는 녀석이 나타납니다. 도도 아기들보다 더 작
습니다. 새까맣고 못났어요. 보는 순간 이름이 지어집니다.

바로 '연탄이' 등장입니다.

이 녀석 깡충깡충 거침없이 도도한테 다가갑니다.
그러나….
도도는 "하악~!" 하며 앞발로 연탄이를 때립니다.

연탄이 혼비백산, 허겁지겁 도망가더니 건물 귀퉁이에 숨어서 눈치를 봅니다. 연탄이는 아마도 어딘가에서 버림받고 혼자가 되어 떠돌다가 온 거 같아요. 도도는 경계하며 녀석을 노려봅니다.

그러다가, 연탄이가 무모하게 다시 다가갑니다. 둘은 지금 서로를 응시하며 대치 중입니다.

연탄이는 왜 혼자가 된 걸까요.
도도는 연탄이를 받아 줄 순 없는 걸까요.
연탄이는 또 버림받고 혼자 살아야 하는 걸까요.

J
연탄이는 이제 막 홀로 선 걸까요? ㅠ 아고….

K
ㅠ 안쓰러워서 우짜나요 ㅠ 맴찢이네영

C
연탄이도 아직 어린 애기인데~ 같이 좀 받아 주면 좋겠는데….

왕따

천덕꾸러기

한참을 서로 응시하며 대치하던 연탄이와 도도.

연탄이가 조심스럽게 우회, 움직이며 도도 눈치를 봅니다.
그리고 천천히 천천히 소심하게 밥그릇으로 접근합니다.

연탄이를 예의주시하던 도도.
연탄이가 밥을 먹자…

눈길을 돌려 버립니다. 연탄이의 겸상을 부관심과 외면으로
묵인합니다. 덕분에 연탄이는 밥을 꾸역꾸역 먹을 수 있습

니다.

하지만 도도 아기들은 느닷없이 나타난, 이 새까맣고 못난 녀석과 같이 밥을 먹는 게 싫은가 봅니다. 깜장깻잎, 회색 깻잎이 연탄이를 때립니다.

연탄이는 머리를 땅에 박고 버팁니다. 반격하지 않습니다. 배고픔이 서러움을 누르나 봅니다.

어쨌든 이렇게 연탄이는 도도 가족의 천덕꾸러기, 구박덩어리가 됩니다.

연탄이는 비루함을 이겨 내고
새로운 가족 틈바구니에서 잘 클 수 있을까요.

👍 좋아요　　　💬 댓글달기　　　👤 공유하기

C
그래도 어미 냥이는 마음 한쪽 구석을 내어 준 것 같아요. 점점 친해지
길 바랄 수밖에 없지만 연탄이가 너무 애처롭네요.

K
같이 먹자 ㅠ

C
연탄이도 엄마가 필요해….

H
얘들아, 연탄이 이뻐해 줘 ㅠㅠ

조금씩

연탄이는 그렇게 구박을 받으면서도 꿋꿋하게 버텨 냅니다.
마치 여기 도도 가족 아니면 더 이상 갈 데가 없다는 듯….

시간이 흐르며 연탄이는 서서히 천덕꾸러기에서 도도 아이
들과 장난치며 노는 개구쟁이가 됩니다. 연탄이가 워낙 낙
천적인 아이 같습니다. 대견하죠.

그렇게 연탄이는 조금씩 조금씩 도도 가족이 되어 갔고,
이젠 제법 소년티가 납니다.

👍 좋아요   🗨 댓글달기   ⌃ 공유하기

수정
사진을 보니 저절로 미소 지어지네요.

S
연탄이 스토리는 맘속에 자리 잡고 있어서 봐도 봐도 흐뭇합니다.
길냥이 밥 주면서 안 보이면 걱정되면서 연탄이가 떠오릅니다.

Y
아구구, 연탄이 잘 지내 보이니 다행이다~

구석 자리

여기는 사우디 동쪽 소도시, 아브카이크(Abqaiq).

연탄이가 처음 등장한 날 2016년 10월 22일,
오늘은 2016년 12월 12일.
도도 가족 울타리 안에 어렵게 들어간 연탄이, 어느덧 두 달
이 되어 갑니다.

오늘은 유독 볕이 좋은 날. 이 녀석들, 버리려고 내버려 둔
의자 위에 다닥다닥 붙어 따뜻하게 쉬고 있습니다. 외삼촌
으로 추정(?)되는 누렁이 주변에 아이들이 붙어서 식후 휴

식 중.

'이제 보니, 욘석들~ 살이 제법 토실토실 올랐구나.'

우리 못난이 연탄이는 구석 자리에 있는 듯 없는 듯 조신하게 앉아 있어요. 누렁이와 살갑게 붙어 있는 아이들과 달리 왠지 외로워 보입니다.

그래도…

연탄이는 이런 구석 자리라도 허락해 준 도도 가족에게 고마워하는 거 같지 않나요. 나만 이렇게 느끼는 걸까요.

볕이 고운 날이면 생각나는…
그래서 보고 있으면
쓸데있는 쓸데없는
시름들이
사르르 날아가는
너무나 너무나 편안해서
시간이 멈춘 듯한
아이들이 따닥따닥

내 절친 누돼리도
깜장깻잎 누렁주니어도
별로 간 주홍깻잎 회색깻잎도
그리고
구석 자리에 있는 듯 없는 듯
연탄이도
모두 이제…
아련합니다.

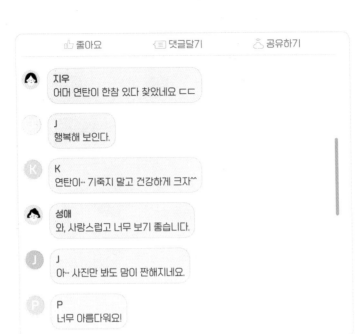

달리기 시합

사무실에 출근하면, 간밤에 뭐 급한 메일 온 거 없나, 확인
하면서 하루가 시작되고 간단하게 아침 회의를 합니다. 그
다음엔 어김없이 사무실 옆으로 나갑니다.

"애들아~ 밥 먹어~"

선착순도 아닌데 녀석들 광속으로 달려옵니다.
우리 연탄이, 오늘은 2등이네요.

사우디에 있었던 동안, 열악한 환경, 너무나도 무거웠던 책

임감, 터질 것 같은 압박 속에서도 그나마 고양이들이 있어
숨을 쉴 수 있었습니다. 웃을 수 있었습니다.
그 1년 8개월 동안 가장 행복했던 모습을
하나만 꼽으라면, 너무나 어렵지만,
아마도 이때가 아닐까….

도도 가족 밥 준 지 3개월.

"애들아~ 밥 먹어~" 부르면, "와~ 밥이다!" 우다다, 혹시
나 상처 날까 봐 만들어 준 철조망 구녕을 날쌔게 통과, 전
력 질주하고는, 뀨뀨 뀨뀨, 빨랑 밥 달라고 보채는 녀석들
이 참 신기하면서도 내가 어쩌면 쓸모 있는 사람일 수도 있

겠다는 자뻑감이 들게도 합니다.

달도 차면 기우나니….
행복의 극점을 지나 서서히 어두운 기운이 다가옵니다.

밥먹자!~

달리기 시합

뇨쥔
저 멀리서 뛰어오는 것 봐~~ 아이쿵~~

P
영상 보면 행복하네요! ㅠㅠ 애들 넘 이쁘고 귀엽….

재희
아고, 이쁜 우리 연탄이♡♡ 맘 놓고 밥 먹어도 되겠구나*^^*

K
애기들 밥 챙겨 주셔서 참 고맙습니다. 애기들 부르는 목소리에도 사랑이 듬뿍 담겨 있네요.

O
얘들아! 밥 먹어~~ 냥! 냥! 냥! 꼭 대답하는 거 같네요. 이 아이들은 똑똑합니다. 2개 국어를 알아듣지요.

목련
봐도 봐도 감동적인 이야기와 영상들…. 또 울컥하네요~ 아이들도 많이 행복했을 겁니다^^

순주
이 영상을 처음 봤을 땐 몰랐죠. 이 이야기의 앞뒤에, 혹은 동시에 챠챠가, 연탄이가, 대오가 있는 어마무시한 감동의 대하드라마가 있을 거라고는 상상도 못 했어요. 이야기가 이렇게 저렇게 연결이 되는 걸 보고 있자니 정말 감동스럽네요. ㅎㅎ

일진

한편.

평화로운 읍내 마을에 잊을 만하면 나타나서 분위기 싸하게 만드는 놈들이 있습니다.

첫 번째 일진 '긍깨'.
긍정적인 어깨 라인, 육덕진 송아지 몸집입니다. 나도 처음 봤을 때 살짝 쫄 정도로 어두운 포스가 장난이 아닙니다.

두 번째 일진 '피주'.
피비린내 주둥아리, 허걱! 입 주변에 핏빛이…. 딱 봐도 성질 드러워 보이죠?
세 번째 일진은 아이들의 엄마, 바로 '도도'입니다. 우아한 일진입니다. 어렸을 때 껌 좀 씹은 거 같습니다.

이렇게 사우디 아브카이크 읍내는 긍깨, 피주, 도도 3강으로 세의 균형을 유지합니다. 그런데 이 녀석들, 공통점이 있어요. 느릿느릿 움직입니다. 경망스럽지 않습니다. 3강은 서로 경계하면서도 덤벼들지 않습니다. 기세가 팽팽합니다.

이런 녀석들 틈에 쫄보가 하나 있
습니다. '누돼리'.

애랑 연탄이가 나랑 절친입니다. 도

도 가족 중에 누돼리가 제일 먼저 나한테 접촉을 허락했습니다. 어디서 배웠는지, 부비부비, 발라당, 배 만짐 허락하기, 애교 기술이 탁월합니다.

연탄이도 이 녀석을 졸졸 따라다니다 나와 절친이 됩니다. 연탄이는 한술 더 떠서 폴짝, 내 무릎에 올라오고, 내 발목에 매달린 채 바지 속으로 머리를 넣어서 장난을 치기도 합니다.

누돼리는 일진 긍깨나 피주가 나타나면, 덩치도 큰 녀석이 바닥에 철퍼덕, 엎드립니다.

"성님, 지나가이소~"

처음엔 누렁이였다가, 토실토실해서 누돼지, 지내다 보니 직장 생활 겁나 잘할 거 같아서 '누돼리'. 이렇게 겁 많고 비굴한 녀석이 글쎄, 어느 날 피주가 아이들을 괴롭히자, 한 치의 망설임도 없이 전속력으로 돌진, 게거품 물며 덤비는 게 아니겠어요?

일진

"난 비굴해도 괜찮아. 근데, 애들 괴롭히면 뒤져."

용기가 너무 기특해서 참치를 잔뜩 줬습니다. 이뻐하지 않을 수가 없어요.

이렇게 평온하다 싸하다,
긴장과 이완이 반복되며 하루하루가 갑니다.

그리고…
어두운 무언가도 조금씩 다가옵니다.

part 2

시련,
그리고 결정

행복과 생명. 불행하더라도 길게 살아야 할까요,

아니면 고통을 끊어야 할까요. 어렵습니다

가장 큰 고통은 내가 결정의 주체라는 겁니다

연탄이에게 물어보고 싶습니다

그날 24시간 - 1

내 머릿속에 또렷하게 박혀 있는 그날,
2017년 1월 24일.

평소와 다름없이, 사우디 사막의 건조한 새벽 풍경을 무심
하게 바라보며 출근합니다. 지난밤에 혹시 긴급 회사 메일
이 온 건 없는지 보는 것부터 하루가 시작됩니다.

'별거 없네. 애들 아침밥 줘야겠다.'

도도 가족 계단 놀이터로 갑니다. 늘 그랬듯 아이들이 '뀨

뀨' 아침 인사를 하며 내 주변에 몰려듭니다.

그런데… 어?

연탄이가 이상해요. 이불에 누워서 움직이질 않습니다.

'쟤가 왜 저러지? 누구보다 반갑게 뛰어오던 녀석이.'

뭔가… 불길합니다. 가까이 가 보니 이불에 핏자국이 있어
요. 오른쪽 뒷다리에 털이 벗겨져 있습니다. 살에 피가 말
라붙어서 빨갛습니다.

'아… 이게 도대체! 간밤에 무슨 일이….
일진이랑 싸웠나. 너, 왜 이런 거야…?'

녀석을 품에 안고 사무실로 향합니다. 연탄이는 반항도 저
항도 못 한 채 나에게 온몸을 의지합니다. 의자에 수건을 깔
고 녀석을 눕힙니다. 다친 다리를 자세히 들여다봅니다.

그런데 상처 사이로 하얀 무언가가 보입니다. 세상에, 뼈가
끊어져서 밖으로 드러나 있어요. 다리를 잡아서 흔들어 봅

니다. 힘없이 덜렁덜렁….

'아….'
이 정도 파괴력이면 단순한 고양이 싸움이 아닌 거 같습니다. 아무래도 차 때문에 사고가 난 것 같아요.

연탄이는 이 꼴을 하고 기어서 기어서
내가 만들어 준 계단 놀이터로 왔겠지요.
그리고 밤새 날 기다렸던 걸까….

'얼마나 아팠을까. 얼마나 무서웠을까.'

눈앞이 흐릿해집니다. 물어물어, 미국에서 꽤 유능한 수의사라고 하는 동문에게 전화를 겁니다. 연탄이 상태를 설명하자,

"음… 안 좋은 상황이야. 뼈가 드러난 채로 밤새 시간이 흘렀기 때문에 오염이 됐을 거야. 아픔을 없애려면 다리 절단을 해야 해. 아마 골반까지 안 좋으면 안락사해야 할 거야."

현실적이지만 너무나 냉정한 말에, 울먹거림을 감추려고 급히 전화를 끊습니다. 동물병원은 이곳 읍내에서 차로 1시간 정도 떨어진 해변가 알코바(Al Khobar)라는 도시에 있습니다. 9시 반에 병원 문을 연다고 합니다.

지금 시각은 7시, 그러니까 1시간쯤 빕니다. 연탄이가 어쩌면 세상을 뜰 수도 있다는 생각이 들자, 병원 출발하기 전에 도도 가족과 작별하는 시간을 줘야 할 것 같습니다.

연탄이를 놀이터에 다시 눕히고 이불을 덮어 줍니다. 급한 업무를 처리합니다. 이제 8시, 갈 시간입니다.

놀이터로 가 보니
깜장깻잎이 연탄이를 온몸으로 덮고 있고,
누렁이는 연탄이 다리 쪽 이불을 계속 핥습니다.

종이 박스에 수건을 깔고 연탄이를 옮깁니다. 차에 오릅니다. 도도 가족은 그런 우리를 하염없이 쳐다봅니다. 불안해하는 연탄이 몸 위에 손을 올려놓습니다. 내 손의 온기가 닿

자 이 와중에 진동을 합니다. 손을 떼면 나를 보며 울고, 손을 대면 울음을 멈추고 진동을 합니다.

이렇게 우린 병원으로 갑니다.

👍 좋아요　　　　　💬 댓글달기　　　　　👤 공유하기

Gian
반항도 저항도 안 하고 온몸을 맡기는 그 느낌을 알기에… 쳐다보는 눈길…

P
어떻게 된 건가요? 아 ㅠㅠㅠㅠ 미치겠다.

C
다음 이야기가 너무 궁금해지네요 ㅠㅠㅠㅠ 제발 살아야 한다 ㅠㅠㅠㅠ

그날 24시간 - 2

알코바 동물병원에 도착합니다. 연탄이를 품에 안고 병원 안으로 뛰어 들어갑니다. 병원이 너무 허름합니다. 거의 폐가에 가깝습니다. 전혀 병원 같지 않은 병원에서, 전혀 의사답지 않은 의사가 연탄이를 살피더니, 무심하게 귀찮다는 듯,

"어렵네요. 이 병원에서는 안 되겠습니다. 큰 병원에 가세요."

'하아… 어쩌라구!'

이 사람하고 말다툼할 시간도 아깝습니다. 연탄이를 다시 품에 안고 큰 병원으로 움직입니다. 어렵게 어렵게 물어물어 다른 병원을 찾았습니다. 꽤 크고 깔끔합니다.

입원 수속을 합니다. 'Name: Street Cat'. 아파하는 연탄이, 발을 동동 굴리며 독촉하는 날 보더니 빠르게 일을 처리합니다. 연탄이를 입원실로 옮기더니, 검사하는 동안 기다리라고 합니다.

그제야 로비 소파에 앉아 잠깐 숨을 돌립니다. 주변이 눈에 들어오기 시작합니다. 있어 보이는 병원, 있어 보이는 케이지, 있어 보이는 고양이들, 있어 보이는 사람들이 있습니다.

연탄이를 옮긴 누런 종이 박스가 초라해 보입니다.
이름을 'Street Cat' 말고
연탄이, 탄이, 타니, 'Tany'라고 쓸걸….

사람 좋아 보이는 젊은 의사가 날 부릅니다. 엑스레이를 보여 줍니다. 푸근한 인상과 달리 현실적이고 냉정합니다.

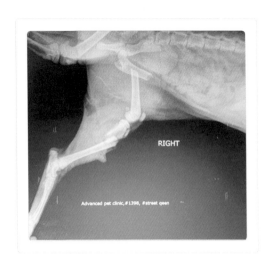

"운이 없었어요. 안 좋습니다. 다리뼈가 두 군데나 끊어졌어요. 고통을 없애려면 다리를 절단해야 합니다. 만약 배변기에도 문제가 있다면 안락사를 해야 합니다."

새벽에 통화했던 동문 의사가 틀리기만을 바랐는데…. 하지만… 틀리지 않았습니다. 똑같은 말을 합니다.

"복구 가능성은 없나요…?"

불안한 마음에 목소리가 자꾸 떨리고 작아집니다.
"희박합니다. 어차피 배변기에 문제는 없는지 봐야 하니 내일 결정하시죠."

온몸에 힘이 풀립니다.
무기력해집니다.
가슴이 시립니다.

그날 24시간 - 2

Y
제발 안락사만은 아니길 간절히 바라봅니다.

S
ㅜㅜ 불쌍한 연탄이 ㅜ

L
기적이 일어났으면….

채연
미쵸ㅠㅠ 불쌍해요.

뇨쮠
아, 이거 심장이 쫄깃쫄깃~

소영
죽는 거 싫은데! ㅠㅠ

목련
제발 ㅠㅠ 제발 살아야 해요. 글 빨리 올려 주세요. 걱정돼 죽겠습니다ㅠㅠ

결정, D-1일

길어도 너무나 길었던 하루가 지났습니다. 병원에 가 보니 연탄이는 힘없이 누워 있습니다. 어제, 드러난 뼈를 임시로 봉합했다고 합니다.

내가 손을 뻗자 기어서 다가옵니다. '끄르르끄르르' 이상한 소리를 내며 손안으로 파고듭니다.

녀석의 얼굴을 쓰다듬어 줍니다.
연탄이는 얼굴로 내 손을 쓰다듬습니다.
한참을 그러고 있습니다.

필리핀 출신, 착해 보이는 의사가 말합니다.

"하루 더 지켜봐야 합니다. 배변에는 문제가 없는 것 같습니다. 하지만 제 소견은 어제와 비슷합니다. 절단해야 합니다. 더 길게 보면 안락사를…. 복구 가능성은 희박합니다. 돈도 많이 듭니다. 고통만 더 클 뿐입니다."

날이 저뭅니다. 프로젝트 수행을 위한 임시 숙소, 수용소 같은 가설 캠프에 몸을 누입니다. 완벽한 어둠이 나를 덮습니다.

'연탄이가 있는 그곳도 이렇게 어둡겠지….'

잠이 오질 않습니다. 복구, 절단, 안락사가 머리에서 계속 빙빙 돕니다. 복구는 따뜻하지만 무모합니다. 연탄이를 더 힘들게, 더 아프게 만들지도 모릅니다. 절단은 합리적이지만 차갑습니다. 희박하지만, 연탄이가 네 다리로 뛰어다닐 수 있는 가능성을 제거합니다.

다리 하나가 없는, 숙소 식당 옆에 뒷다리가 함몰된 길고양

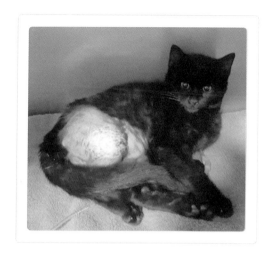

이의 비참한 모습을 봤습니다. 길게 보면, 이번 생의 고통을 끝내고 다음 생을 기약하게 해 주는 안락사가 가장 현명할 수도 있습니다.

존엄사 논란과 비슷합니다. 행복과 생명. 불행하더라도 길게 살아야 할까, 고통을 끊어야 할까. 어렵습니다. 가장 큰 고통은 내가 결정의 주체라는 겁니다.

연탄이에게 물어보고 싶습니다.

결정, D-1일

"연탄아, 넌 내가 어떻게 해 주길 바라니."

신이 있다면 이런 걸까. 신은 인간에게 설명할 수 없습니다. 인간은 신을 이해할 수 없습니다. 비겁해지고도 싶습니다. '의사의 결정에 따라야 하나….' 오만 가지 생각이 들어왔다 나갔다가 빙빙 돕니다. 기억도 안 납니다. 어지럽습니다.

이제 곧 날이 밝을 겁니다.
결정의 날이 다가옵니다.

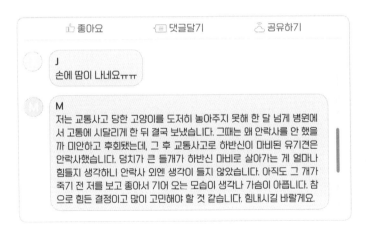

L
제발 살려 주세요…,

H
같은 고양이로 태어나 어떤 아이들은 따뜻한 집에서 행복한 삶을, 또
어떤 아이들은 길바닥에서 힘들게 하루하루를 살고 있다고 생각하
니 너무 마음이 아픕니다. ㅠ 부디 연탄이를 도와주세요 ㅠㅠ

C
눈이 너무 선한 연탄이….

수정
눈물이 나서 읽기도 힘드네요.

결정, D-1일

결정의 날

길었던 어둠이 지나고 결정의 날이 밝습니다. 병원으로 갑니다. 의사는 똑같은 얘길 반복합니다.

다리 절단, 안락사.
둘 중 하나를 결정할 수 있는 용기와 결단력이
나에겐 아직 없습니다.

난 복구 가능성만을 계속 묻습니다. 의사는 나의 집요함에 난감해합니다. 정체를 알 수 없는 표정입니다. 연탄이를 만나고 다시 얘기하기로 합니다.

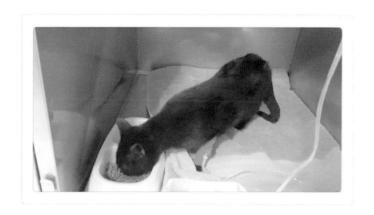

비좁은 철장 안, 힘없이 앉아 있던 연탄이가 날 보더니 다가
옵니다. 그러다 힘겹게 힘겹게 세 다리로 일어나서 밥그릇
으로 갑니다. 밥을 우걱우걱 먹습니다. 사고 난 후에 밥, 심
지어 참치도 못 먹던 녀석이었는데….

밥을 먹으며 나를 한 번씩 쳐다봅니다.
어젯밤, 나의 물음에 답을 듣습니다.

"배가 고파요… 난 아직 죽고 싶지 않아요. 아저씨…."

결정의 날

가슴이 심하게 울렁거립니다. 지난밤에 내 머리를 빙빙 돌게 했던 이성, 논리, 비겁함이 모두 박살납니다. 울렁거리는 심장은 나를 의사한테 돌진하게 만듭니다.

억눌렀던 감정이 터집니다.

눈물이 쏟아집니다.

울면서 소리를 지릅니다.

"무조건 복구하세요! 무조건 살리란 말이야!!!"

고양이 연탄이의 삶에 대한 의지가 사람 절친 나를 통해 의사에게 강력한 명령으로 전달됩니다. 난감해하던 의사의 표정이 바뀝니다. 의사의 눈에도 물기가 생깁니다.

아까 정체를 알 수 없었던 표정이 뭐였는지 이제 알겠습니다. 그건 아마도 '흔하디흔한 길고양이인데… 왜 이렇게까지?'

"돈은 달라는 대로 다 드릴게요. 다리 복구합시다! 책임도 묻지 않겠습니다. 할 수 있는 걸 다해 주세요."

의사는 절실함을 느꼈는지, 내 똘기에 눌렸는지, 그 전엔
볼 수 없었던 의지를 보입니다.

"알겠습니다. 해 봅시다."

의사와 수술진은 다리 복구 수술을 준비합니다.

👍 좋아요　　　🗨 댓글달기　　　👤 공유하기

지우
힘내자 연탄아ㅜㅜ 아⋯ 버스에서 눈물 쏟아지네요.

D
눈물 나려 해 ㅜㅜ

Y
연탄아, 많이 아팠을 텐데 지금까지 견뎌 줘서 고마워! 조금만 더 힘
내서 건강하게 뛰어노는 모습 보여 주길 바랄게♡ 연탄이 포기하지
않아 주셔서 감사합니다!

은우
잘됐으면 좋겠어요ㅠㅠㅠㅠㅠㅠㅠㅠㅠㅠㅠ 연탄아, 조금만 힘내!

Anuu.E(몽골인)
ㅠㅠㅠ 전철에서 읽었는데 눈가가 촉촉해지네요. 연탄이 힘내!!!

결정의 날

J
세상에나 밥 먹는 것 좀 보세요. 희망이 보이네요! 신통해라~

J
울어 버렸어… ㅜㅜ. 맞아요, 애들은 먹는 걸로 삶의 의지를 표현하는 거라 생각해요. 잘 먹는다는 건… 잘 먹는 걸 보여 주는 건 '난 살고 싶어요.'라고 이야기하는 거라 생각해요.

뇨쥔
연탄이가 밥을 우걱우걱 먹는다는 대목에서 나도 모르게 울컥~~

대수술

수술이 시작됩니다. 두 군데 끊어진 뼈를 철심으로 연결하고 피부를 덮는 대수술입니다. 업무를 급히 끝내고 병원으로 서둘러 갑니다.

병원에 도착하여 들어가니, 프런트에 노란 머리, 검은 머리 직원이 나를 보고 미소를 보냅니다. 수술이 3시간 정도 걸렸다고 합니다. 이 병원에서 했던 가장 큰 수술이었다며, 의사 선생님이 고생이 많았다고 합니다.

연탄이의 수술을 집도한 필리핀 의사가 나옵니다.

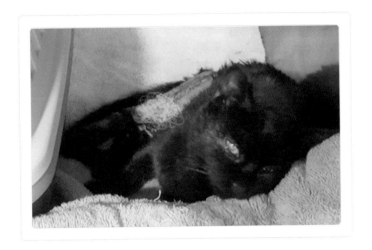

지쳐 보이지만 표정이 어둡지 않습니다.
"할 수 있는 걸 다했습니다. 경과를 봐야 합니다."

난 수고 많았다고 의사 어깨를 다독여 줍니다.

연탄이를 만납니다. 복잡하게 얽힌 수술 자국이 보입니다.
'끄르르 끄르르….' 많이 아파 보입니다. 너무 힘들어 보입
니다.

의사가 다가가자 뒤로 물러서고,
내가 손을 내밀면 다가옵니다.

자신의 몸보다 수십 배나 큰 생명체들이 이상한 도구로 알 수 없는 소리를 내며 내 몸에 뭔 짓을 하는지 알 길이 없는 연탄이. 그런 연탄이를 가만히 쓰다듬어 줍니다.

"다 너를 위한 거야. 다 잘될 거야. 무서워하지 마."

회복에 문제가 생겨 왼쪽 허벅지에서 오른쪽 무릎으로 피부 이식 수술을 또 하게 됩니다. 이틀에 걸쳐 총 다섯 시간 동안 두 번의 수술.

너무 아파합니다.
너무 힘들어합니다.

나의 결정, 최선이었을까…

대수술

L
힘내세요. 작은 한 생명을 위해 애써 주시는 모습에 감동이네요. 연탄이도 분명 쓰니의 그 마음을 알 거예요. 꼭 완쾌되길 간절히 바랄게요. 정말 감사합니다. 즐겁게 뛰어노는 연탄이 모습 보고 싶네요.

J
어머 아기 다리가…!!! ㅜㅜㅜ 아프다고 야옹하네요. 어떡해요. 연탄아, 힘내야지. 아파서 우는구나~ㅜㅜㅜ 너무 슬프고 불쌍하고~ㅜㅜㅜ

선아
연탄아… 힘내. 꼭 이겨 내자. 꼭….

J
꼭 힘내서 꽃길만 걷자, 애기야. ㅜㅜ

J
정말 뭐라 표현할 수 없네요. ㅜㅜ

재희
연탄이도 알고 있을 거예요. 자신을 위해 애쓰고 있다는 거. 그래서 아파도 잘 참아 내는 걸 거예요.

옥재
눈빛이 너무 예쁜 연탄아, 아주 힘들었지. 잘 나아서 뛰어다니자. 그리고 고마우신 집사님 행복해하는 모습 보며 튼튼해지고 밥도 잘 먹고…. 에구, 연탄이 고생했어요. 이제 아프지 않게 해 주세요.

part 3

회복,
그리고 기적

의사의 미소가 산을 내려오는 시지프의 행복일까

의사도 연탄이도 나도 할 수 있는 모든 걸 했습니다

신의 뜻을 거역합니다. 그리고 휴지의 시간을 누립니다

아닌가. 이 또한 신의 시나리오인가

네 다리로 우뚝

사고 발생 나흘째.

연탄이는 옆으로 누워 쉬고 있습니다. 작은 몸으로 아픔을, 무서움을 버텨 냅니다. 날 보더니 내 손에 얼굴을 부비부비. 그러다가 이 녀석, 내 손목을 붙잡고 일어나려고 합니다.

"그래, 일어나 봐라, 연탄아!"

내 팔목을 앞발로 부여잡고 다리에 온 힘을 모읍니다.

그러더니… 이 녀석, 네 다리로 우뚝 섭니다!

👍 좋아요   💬 댓글달기   📤 공유하기

M
진짜 연탄이 덕질하고 싶어여 ㅎㅎㅎ

성애
와!!! 기적이 일어났군요. 님 마음을 하늘이 알아주셨네요. 근데, 왜케 울고 싶은지~~

J
우와~~ 연탄이 일어섰다! ㅎㅎ

은우
와ㅠㅠ 수고했다 연탄아!!!!! 쪼금만 더 버텨 줘!!!

Y
저 또한 줄곧 챙겨 보고 있습니다. 경과가 어찌 진행된 건지 궁금합니다. 글을 보면서도 내내 눈물이 멈추지 않았습니다. 마음이 아프고 아려 와서…. 이 예쁜 아가를 입양하고 싶다는 생각이 들 정도로 마음이 일렁거리던…. 너무 감사합니다. 좋은 일해 주셔서….

수정
아이들과 같이 울었네요.

욱재
연탄이한테 반했어요. 눈이 어쩜 콧물도 어쩜. 너무 예뻐요. 곧 일어나자. 연탄이, 파이팅!

선아
세상에 다리에 힘 들어가는 거 봐요. 너무너무 대견한 연탄이, 눈물 나요 ㅠㅠ 연탄아, 조금만 더 힘내자~ 정말 고맙습니다!!

S
졸였던 가슴이 사르르~

네 다리로 우뚝

고마워, 연탄아

사고 발생 엿새째.

빠르게 회복하는 연탄이 덕분에, 참치를 넉넉하게 챙기고, 비교적 가벼운 발걸음으로 병원에 갑니다. 연탄이는 나를 보자마자 '아~ 까르까르르르' 뭐라 뭐라 합니다. 나도 응응 합니다. 정확한 뜻은 모르지만 서로 대화를 나눕니다.

그리고…
이 녀석, 스스로의 힘으로 벌떡 일어납니다. 내 손안에 들어오려는지 파고듭니다. 내 손가락을 깨무는 장난도 칩니

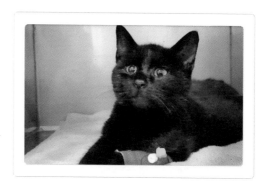

다. 이제 많이 아파 보이지 않습니다.

석 달 전, 홀로 나타나 도도 가족 틈에서 설움, 비루함을 버
텨 왔던 연탄이. 이번에도 역시, 상상조차 할 수 없는 통증
과 공포, 어둠, 고독을 홀로 버텨 냅니다.

연탄이를 보며 배웁니다.
미안합니다.
기특합니다.
고맙습니다.
연탄이가.

고마워, 연탄아

B
너무 예뻐요…. 정말정말 감사합니다. ㅜㅜㅜㅜㅜ ㅠㅠㅠㅠㅠㅠㅠ ㅠㅠ 아가 얼른 회복했으면 좋겠어요 ㅠㅠㅠㅠㅠㅠ

J
우리 집 애들은 2년을 애지중지 키웠어도 밖에서 보면 '여긴 어디?', '나는 누구?', '당신은 누…누구세요?' ㅠㅠ 이러는데.. 아, 넘 사랑스럽다. 알아보고 의지하고 따라가고 싶어 하는 거 같아요~~ 건강해져서 집에 빨리 가길 바랄게, 아가야….

J
음~~ 너무너무 이쁜이, 지금까지 연탄이 얼굴이 자세히 나온 사진이 없었는데… 오늘 동영상 첫 화면에 연탄이 얼굴 너무 평온하고 이쁘네요. 잘 견뎌 내 준… 연탄이가 대견합니다. 그리고 연탄이의 지주가 되어 다시 새 삶을 살 수 있도록 버팀목이 되어 주신 님…. 고맙습니다. 감사합니다. 님의 앞날 연탄이와 도도 가족 모두 꽃길만 걸으시길 기도합니다~~♡♡

P
구조자님도 진짜 강한 의지를 가지신 분이네요. 이런 분 흔치 않은데…. 진짜 묘연이 이런 거다 싶네요. 저 짧은 영상에서도 연탄이의 무한 신뢰와 애정이 느껴져요.

옥재
애썼쪄요. 오구구~~♡♡♡ 연탄아 아주 하늘땅만큼 사랑스럽네요. 기특하고 대견하고, 집사님 축하드립니다.

Y
애기 너무 이뻐요 ㅠㅠㅠㅠㅠㅠ 구조자분의 간절한 마음이 연탄이도 같은가 봐요 ㅠㅠㅠ 꼭 행복하길, 꼭….

P
연탄이 정말 살려는 의지가 대단하네요. 설움을 참으며 도도 가족에게 다가가는 거나 아파도 밝고 씩씩하게 행동하는 거 하며…. 이렇게 네 다리로 번쩍 서서 걷는 걸 보니 연탄이에게 포기란 없나 봅니다. 만약 포기하고 절단이나 안락사를 했으면 어찌 됐을지 아찔하기도, 한편 위험한 선택이었지만 이렇게 잘 버텨 준 연탄이가 너무 대견하네요.

고마워, 연탄아

시지프 신화

연탄이는 믿기지 않는 속도로 빠르게 회복합니다.
항상 왠지 초조해 보이던 필리핀 의사 양반도 이젠 밝게 웃
습니다. 철심을 와이어로 고정시킨 엑스레이가 수술의 난이
도를 보여 줍니다. 병원은 사우디 동해안 해변도시 알코바
에서 꽤 괜찮다고 알려진 APC(Advanced Pet Clinic).

병원에서도 이제 연탄이는
흔하디흔한 길고양이가 아닙니다.
유례가 없는, 이틀간 다섯 시간 동안,
가장 크고 어려운 수술을 버텨 내고
놀랍게 회복하고 있는 귀한 존재입니다.

알베르 까뮈의 '시지프 신화'가 떠오릅니다. 시지프는 신의 뜻을 거역해서 지옥에 떨어집니다. 죄는 삶에 대한 의지, 벌은 부질없는 무한 노동. 삶의 열정에 대한 죄를 가장 삶스러운 벌로 다스립니다. 형벌이 심오하고 가혹합니다.

시지프는 온 힘을 다해 바위를 산 위로 올립니다. 바위가 다시 산 밑으로 떨어집니다. 다시 내려와 바위를 올립니다. 이 짓을 무한 반복합니다.

희망이라곤 어디에서도 찾을 수 없을 것 같은 이 지옥에서도 까뮈는 행복을 찾습니다. 시지프가 산을 내려오는 휴지의 순간에 주목합니다. 온 힘을 다해, 탈진이 될 때까지 바위를 올립니다. 산 정상에서 굴러 떨어지는 바위를 보며 땀을 닦습니다.

할 수 있는 모든 걸 하고 난 후에 그 후련함을 누립니다. 천천히 산을 내려오며, 내 뺨을 쓸어 주는 시원한 바람, 사박사박 밟히는 낙엽, 날 톡톡 건드리며 장난치고 싶어 하는 고양이, 후들거리는 게 재밌게 느껴지는 내 다리, 이 모든 것

시지프 신화

들을 즐깁니다.

지금 의사의 밝은 미소가 산을 내려오는 시지프의 행복일까.
의사도 연탄이도 나도 할 수 있는 모든 걸 했습니다. 신의
뜻을 거역합니다. 그리고 휴지의 시간을 누립니다. 아닌가.
이 또한 신의 시나리오인가.

w
연탄이와 함께 만든 삶의 스토리가 참 근사합니다. 아픔과 고통을 통해 함께 성장했던 소중한 만남이었으리라… 생각됩니다. 따스한 이야기가 제게 선물같이 느껴집니다.

보라
집사님, 닥터, 연탄이 모두 수고 많았습니다! 귀한 생명을 살리는 것이 신을 거역했다고는 생각하지 않습니다! 다시 삶을 주심에 감사해야겠지요? 꽃길만 걷고 있길! 연탄아, 전생이 있다면? 나라를 구한 겨? ㅎㅎ

P
감사합니다. 요 며칠 페북에 있는 연탄이 글을 볼 때마다 얼마나 울었는지…. 이 글을 보니 다행이라는 마음에 또 눈물이 날 거 같아요. 감사하고 또 감사합니다. 버텨 준 연탄이도 너무 고맙고요.

P
신의 뜻을 거역한 건지, 아님 이 또한 신의 뜻인지가 뭐가 그리 중요하겠습니까? 중요한 건 지금 연탄이가 회복하고 있고, 거기에 중요한 역할을 한 님 같은 분이 계시다는 거지요.

미희
연탄이의 회복 축하드려요^^ 저도 냥님 두 분 모시는데 연탄이 생각하니 울님들이 귀하게 느껴지네요ㅎ

시지프 신화

part 4

후기

연탄이가 너무 보고 싶습니다

그래서 이렇게 글로 사진으로 그리움을 달랩니다

이 녀석 도대체 나한테 뭔 짓을 한 건지....

넌 생각하면 왜 심장이 요동을 치는지....

데이츠 왕국

이제 연탄이 이야기를 마무리할 때가 된 거 같습니다.
말하듯이 편하게 할게요.

얘기를 끝내려면 챠챠 얘기를 안 할 수가 없어요. 연탄이가
나타나기 한 달 전쯤, 숙소 가설캠프 식당에 종이 박스가 하
나 놓여 있었어요.

"뭐지?"

안에 보니까 눈도 못 뜬 애기 고양이가 발발발 떨고 있네요.

식당에서 일하는 네팔 아저씨한테 "뭐죠?" 하고 물으니 어미한테 버려진 고양이를 발견해서 일단 놔뒀다고 합니다. 내 손에 우유를 묻혀서 녀석 입에 대니까 챱챱 먹었어요. 이름이 '챠챠'가 됩니다.

'아이고…. 일단 살리고 보자. 가자! 내 방으로.'

내 손 안에서 꼼지락 꼼지락, 간지러워요. 그렇게… 예기치 못했던 동거가 시작됐어요.

팔자에 없는 골 때리는 육아 일기가 시작됩니다.
그렇게 챠챠는 내가 사우디에 있어야 할 이유를
하나 더 만들어 줬어요.

버림받았다고 기죽을까 봐 오냐오냐했더니, 챠챠는 천방지
축 왈가닥이 됩니다.
그렇게 하루… 일주일… 한 달… 넉 달…. 연탄이는 회복하
고 있고 챠챠는 더욱더 골 때리는 왈가닥 아가씨가 되고. 그

데이츠 왕국

리고… 내가 하던 프로젝트도 점점 끝이 보입니다.

임시 가설 숙소도 머지않아 헐리게 되고 프로젝트 마무리를 위해 읍내 호텔로 옮겨야 합니다. 그 얘기는, 내가 챠챠와 연탄이를 챙겨 줄 수 있는 공간이 없어진다는 걸 의미합니다. 시간이 흐를수록 이 두 녀석을 보는 제 표정도 그리 가볍지만은 않습니다.

난 그 무렵부터 이 녀석들을 잘 보살필 수 있는 사우디 사람을 찾게 됩니다. 그때 유력한 사람이 눈에 띕니다. 사무실에서 같이 일하고 있는 사람 좋은 사우디인 B.

어느 날, 난 챠챠가 제일 이쁘게 나온 사진을 보여 주며 입양할 수 있는지 조심스럽게 물었어요.

"와, 이쁘네요. 저 고양이 좋아해요.
집에 이미 고양이도 있고요.
걱정 마세요. 제가 잘 보살필게요."

챠챠와 함께 그 사람 집에 사전 실사를 갔어요. 와~! 집이 아니고 리조트예요. 마당에서 기름이 나왔나? 중동 대추 데이츠 농장에 깔끔한 건물들이 있어요. 높은 담으로 외부와 차단이 되어 있고요. 고양이한테는 천국 같아요. 게다가 집 안에 아기를 낳은 고양이가 케이지 안에 있어요. 털에 윤기가 좔좔, 음… 잘 보살펴지고 있구나.

그때부터 난 음모를 꾸밉니다.

'연탄이를 내 숙소로 일단 데려와서 챠챠랑 얼레리꼴레리 해 가지고 같이 이 농장에 보내면?'

데이츠 왕국

음… 그럼 얘기가 이렇게 되잖아요. 부모한테 버림받은 아기 고양이 연탄이는 홀로 길바닥을 헤매다가 도도 가족을 만나고, 왕따, 천덕꾸러기를 지나 서러움과 비루함을 지나, 도도 가족, 골목대장이 되지만, 사고가 나서 많이 다치고, 사람 친구 도움을 받아 다시 뛰댕기고 싱크대, 냉장고도 점프하는데 왈가닥 아가씨 챠챠랑 사랑에 빠지고, 결국 데이츠 왕국으로 가서 왕이 됩니다.

그럴싸하잖아요?
연탄이가 그동안 겪은 시련을 생각하면
이 정도 호강은 누려도 되잖아요.

음모를 실행에 옮깁니다. 그렇게 연탄이를 내 방으로 데려와, 하루, 일주일, 한 달, 넉 달, 연탄이와 챠챠는 매일 추격자 도망자 역할을 바꿔 가며 신나게 놀다가 데이츠 왕국으로 입국합니다.

| 👍 좋아요 | 💬 댓글달기 | 🔗 공유하기 |

J
아아 ㅠㅠㅠㅠㅠ 너무 행복한 글이에요. 연탄이가 이제 데이츠 왕국의 왕으로 살게 되다니⋯.

미레
연탄이 이야기 보고 얼마나 울었던지⋯. 행복한 연탄이 된 거 같아 정말 좋습니다~

L
귀여운 음모를 꾸미셔서 성공하셨네요 ㅎㅎ

S
역시 해피엔딩!!!! ㅠ 연탄♡챠챠 ㅋㅋ 한 편의 드라마네요. 감동감동ㅠ

보라
우릴, 울리고 가슴 졸이게 했던 연탄이는 지옥에서 천국으로 입성했군요! 누려라~~~ 연탄아! 꽃길만 걷는 거야? 집사님, 수고하셨어요!

데이츠 왕국

보고 싶다

영화 〈혹성탈출〉에서 사람은 노예입니다. 원숭이의 지배를 받습니다. 베르나르 베르베르는 외계인이 사람을 애완동물로 키우는 상상을 하고, 이집트 여신 바스테트처럼 고양이를 신으로 받들었던 인류의 역사를 이야기합니다. 밀란 쿤데라는 인간이 꼬치구이가 되어 우월한 생명체에게 잡혀 먹히는 상상도 합니다.

만화 〈진격의 거인〉을 보면, 거인이 인간을 잡아 올려 한입에 먹습니다. 근데 충격적인 건 인간을 삼킬 때 거인의 표정입니다. 해맑게 웃어요. 천진난만해 보이기까지 합니다. 이

만화의 도입부 장면을 잊을 수가 없습니다. 사람이 닭의 모가지를 비틀어 죽이고 요리를 합니다. 식탁에 온 가족이 앉아 해맑게 웃으며 닭을 뜯어 먹습니다. 거인의 표정과 같습니다.

이런 상상들은 '인간이 가장 우월한 존재인가.' 하는 의심에서 출발, '너무 인간입네 잘난 척, 거들먹거리지 마시오.'라고 경고합니다. 우월하니 안 하니 거창한 얘기를 집어치우더라도, 사람으로 인해 어떤 생명체가 피해를 봤다면, 최소한 미안해야 하지 않을까요.

연탄이가 다쳤을 때 날 가장 힘들게 했던 게 바로 그거였습니다. 사람 때문에 다쳤다는 거요. 심지어, 내가 밥을 주지 않았다면… 놀이터를 만들어 주지 않았다면…. 애가 여기서 살지 않았을 거고, 이 꼴로 쓰러져 있지도 않았을 텐데…. 죄책감이 들었습니다.

밥을 우걱우걱 먹는 연탄이가 나에게 무모한 용기를 줬고, 결국 연탄이는 이겨 냈습니다. 내가 연탄이한테 고마운 사

보고 싶다

람이겠지만, 따지고 보면 연탄이가 나한테 훨씬 더 준 게 많은 것 같습니다.

연탄이는 내 노력에 최고의 응답을 했고, 미안함, 죄책감을 씻어 주었습니다. 오히려 '난 꽤 괜찮은 사람일지도 몰라.' 자존감까지 올려 주었습니다. 또, 힘들 때 '연탄이가 당한 거에 비하면 이 정도야 뭐….' 나의 내성까지 단단하게 해 주었습니다.

너무 보고 싶습니다. 그래서 이렇게 글로, 사진으로, 영상으로 그리움을 달랩니다.

이 녀석 도대체 나한테 뭔 짓을 한 건지….
널 생각하면 왜 심장이 요동을 치는지….

좋아요   댓글달기   공유하기

보라
심쿵! 우정. 진하고 그립네요!

재희
나도 연탄이의 열렬한 팬입니다!!! 연탄아, 건강하게 오래오래 살자 ♡♡♡ 같은 하늘 아래 살고 있으니 그걸로 충분해♡♡♡

성애
저도 연탄이가 너무 보고픕니다. 또 챠챠도~~ 도도네 식구들도요. 님은 오죽하실까요. 인간으로 인하여 다른 생명들이 아프거나 학대 받거나 힘들게 사는 모습이 저도 가장 마음 아픕니다. 길냥이들에게 베풀어 주신 사랑으로 참 행복했지요.

채연
다 너무나 보구 싶어요ㅠㅠ 너무 보고잡아요!

보고 싶다

골목대장

연탄이가 데이츠 왕국의 왕깜이란 증거가 있어요. 깜장깻잎과 누렁주니어가 권력 다툼을 합니다. 연탄이는 가만히 지켜보며 때를 기다리다 깜깻과 편먹고 누주를 몰아냅니다. 그담엔 다시 누주랑 편 먹고 깜깻을 몰아내요.

그리고… 마지막 누주와의 맞장, 엎어치기, 파운딩, 털 세우기, 꼬랑지를 하늘 높이 세워 올려 '넌 한 발톱감이야!' 결국, 연탄이는 누주를 제압, 골목대장에 등극합니다.

연탄이는 현명하고 인내심도 있고요, 용감한 데다 머리까지 좋아요. 그리고 이제 당당합니다. 더 이상 도도 가족 눈치나 보는 천덕꾸러기가 아니에요.

이 영상은 안타깝게도 사고 하루 전입니다. 연탄이 이야기의 마침표를 뭐로 찍을까 고민하다가 이 추억 영상을 올립니다. 앞으로 술 한잔하고 연탄이 생각나서 뭔가 또 올리지 않을지 자신은 없지만, 지난 19일간 연탄이 추억 여행을 마칩니다.

행복했습니다.

그동안 관심과 격려, 정말 고마웠습니다.

"연탄아, 봤지? 이제 넌 혼자가 아니야.
이렇게 많은 분들이 널 응원하고 있어."

골목대장

👍 좋아요　　　🗨 댓글달기　　　👤 공유하기

P
간간이 연탄이 추억 올려 주셔도 좋을 듯요. 저 포함, 그리워하는 팬이 많을 듯….

성애
연탄이에게 왕관 씌워 주고 싶네요~~^^♡♡

Y
연탄이가 생각나시거든 언제든지 글 올려 주세요~ 생각만 해도 너무 좋을 것 같네요ㅎㅎ

목련
진짜 잊지 못할 것 같아요. 술 한잔 드시고 또 올려 주세요^^ 끝까지 기다립니다요~~!!

S
처음부터 끝까지 봤는데 너무 감동적이고 끝까지 이겨 낸 연탄이가 너무 대견한 것 같아요! 보고 싶으시겠어요ㅠ

선아
와아~~ 연탄이 진짜 멋지네요! 반해 버렸어요♡♡♡

미희
연탄이가 늘 그리울 거 같아요^^ 계속 생각나는 에피 모두모두 써 주세요~

골목대장

part 5

수다,
못다 한 이야기

슬슬 걷는데 길고양이 한 녀석이 날 빤히 쳐다봅니다

마스크를 쓴 듯 검은 털이 눈가를 덮고 있습니다

이 녀석, 슬금슬금 다가옵니다

왠지, 새로운 묘연이 시작될 것 같은 촉이....

고양이 별

사무실 옆 도도 아이들,
이 사진을 볼 때마다 마음이….

도도가 평소엔 엄청 시크한데, 아주 드물게 날 빤히 쳐다보며 '니앙니앙' 할 때가 있습니다. 그땐 몰랐는데 지나고 나서 알 거 같았습니다. 니앙니앙이 무슨 뜻인지….

그건…

"내 새끼 좀 찾아 주세요."

아이가 처음엔 여섯, 한국에 휴가 갔다 오니까 다섯, 또 잠깐 어디 갔다 오니까 넷, 사우디를 뜰 땐 셋.

사우디를 떠나기 얼마 전, 주황 깻잎이 이틀 동안 보이질 않습니다. 사파이어 눈빛을 가진 신비스러운 아이였죠. 아무리 찾아도 보이지 않습니다. 그러던 중 사무실 식당에서 밥을 먹는데, 옆 테이블 사람들이 얘기하는 걸 듣고 그 녀석 소식을 얻습니다.

"그저껜가… 봤어? 차에 치여서 하얀 고양이 한 마리 죽었던데…."

아무 생각 없이 밥을 먹다가 숟가락을 놓고 식당을 나왔습니다. 너무 겁이 나서 더 자세한 얘길 물어볼 수가 없습니다.

도도가 나한테 '니앙니앙' 한 게 그 말이었구나….
"아저씨, 내 새끼 좀 찾아 주세요. 이틀째 안 보여요…."

여전히 나한테 '니앙니앙' 하는 도도
곁을 지키며 한참을 같이 앉아 있습니다.

👍 좋아요 　　　 💬 댓글달기 　　　 👤 공유하기

순영
눈물 나네요. 자식에 대한 사랑은 사람보다 더 강하네요.

주은
길냥이들 떠나보내는 것도 넘나 아파요…ㅠㅠ

퇴원하는 날 - 1

두 차례 총 다섯 시간의 대수술, 그리고 47일간의 입원 후,
연탄이가 드디어 답답한 병원에서 퇴원하는 날입니다.

"고생 많았어···. 이제 내 방으로 가자. 미리 말해 두는데,
집에 가면 골 때리는 애가 하나 있어. 그 애가 하는 짓거리
를 너무 이해하려 하지 마. 그게 정신 건강에 좋아."

수건에 싸인 채 종이 박스에 담겨 병원에 왔던 연탄이를, 병
원 사람들 보란 듯, 있어 보이는 케이지로 모십니다. 연탄
이는 퇴원하는 걸 아는 건지 전혀 저항하지 않습니다. 오히

려 너무나 차분하고 조용합니다.

차에 탑니다. 손을 연탄이 몸에 올려놓습니다. '골골골….'
기분 좋음이 손을 통해 느껴집니다.

창밖 사우디 마실 밤경치를 즐깁니다. 기분 탓인가. 밤바람
이 너무 시원합니다. 사막에 뜨문뜨문 불빛이 별처럼 반짝
입니다. 연탄이도 조용히 앉아서 창밖 경치를 즐기는 거 같
습니다. 너무나 편안해 보입니다. 말 한마디 하지 않지만
서로의 기분이 느껴집니다.

"잘될 거야…."
근거 없는 믿음을 격려하는 거 같습니다.
"이게 최선일까…?"
불안을 위로하는 거 같습니다.
"잘했어, 잘 버텨 냈어…."
칭찬하는 거 같습니다.

그렇게 우린 숙소에 도착합니다.

👍 좋아요　　　💬 댓글달기　　　🪝 공유하기

주은
연탄이 오랜만에 보네요. 맘 졸였던 기억이 새삼스럽구요…ㅎ

수정
님과 빨리 집에 가고 싶어 종알종알 야옹야옹 재촉하네요. 보고 싶네요. 연탄이!

순주
그랬었군요. 연탄이도 챠챠의 이불성으로 갔었던 거였어요~ 타국에서 정말 대단한 일을 하셨어요. 아무나 할 수 있는 일이 아니니까요. 왠지 잘은 모르겠지만 정말 감사해요~

보라
애썼어… 토닥토닥! 아저씨도 토닥토닥! 꽃길이 시작되는구나. 힘들 때마다 너의 회복이 나에게 위로가 될 듯! 피곤이 싸악~~~ 고마워, 탄아~~~ 뽀~~

연탄이

퇴원하는 날 - 2

병원에서 활동량이 너무 많으면 관절에 무리가 갈 수 있으니 당분간 케이지 안에 있어야 한다고 해서, 사우디에서 살 수 있는 가장 큰 조립식 케이지를 준비, 방에 와서 설치하고 참치를 주었어요. 맛있게 먹는 걸 보며 입주민 안내를 합니다.

"일단 입주를 환영하구유, 원룸 안내드릴게유. 조촐하게 마련한 음식 드시면서 편하게 들으셔유.

요 원룸은유, 짧게 말씀드리면유, 풀옵션 익스클루씨브 감금형 읍내 원룸이에유. 세계 최초여유. 바닥은 푹신푹신

담요구유, 개방형 화장실, 식수그릇이 최첨단 공법으루다 빌트인돼 있어유. 아침 저녁으루 로얄 패밀리용 밥이 제공되구유, 식수는 수시로 제공되어유. 특식은 주로 참치나 닭인디유, 하루 한 번 기본적으루 제공되구 기분 좋으면 더 드려유. 목욕은 정해진 건 없구유 걍 냄새나면 박박 씻겨 드려유.

불편하신 게 있음 니양니양 하시구, 드럽게 열받으시면 하악 하시면 우리 써비스팀에서 무상으루 바로 시정해 드릴 거예유. 우리 운영회사는 회장님, 싸장님, 전략, 기획, 회계, 재무, 관리, 써비스, 민원 대응, 환경 조직으루 탄탄하게 구성돼 있어유. 총 근로자 수는 한 명이에유.

주의 사항이 있어유. 화장실에서 볼일 보실 때 담배 피면 안 돼유. 민원 들어와유. 그라구, 모레 파박파박 너무 심하게 하시면 안 돼유. 청소하는 아자씨 힘들어유. 과도한 파박질은 밥 한 끼 건너뛰는 벌칙이 있어유. 아주 단호해유. 근데 부비부비하면 밥 드려유. 그니까… 하란 건지 말란 건지 헷갈리실 거 같은데…. 저도 잘 모르겠슈. 시방 뭔 말인지.

미리 안내드린 대로 가격은 홍보 기간이라 아주 저렴하게 천에 사십인디유. 적립 포인트 제도를 운영하고 있어유. 부비부비 1회에 십만 점, 핥핥 이십만 점, 골골골 삼십만 점 월세 까 드리구유, 발라당, 꾹꾹이, 날름날름, 파박파박은 백만 포인트 보증금 까 드려유. 저번에 어떤 분은 포인트 적립해서 오히려 돈을 받았대나 어쨌대나. 근데 여기 원룸 주인장이 심장이 좀 약한께 살살하셔유.

그럼 이상 안내 마쳐유.

아 그라구… 이미 말씀드렸지만, 동네에 이상행동을 하는 똘끼 청소년이 있는데유, 가정교육을 제대로 못 받아서 그런 건께 걍 그런가 부다 하셔유. 당췌 왜 저런다냐 생각하기 시작하면 궁금해서 디질 수도 있어유. 주의하셔유."

113

재희
아, 진짜 빵 터졌어요. 아하하하하~~~!!!

보라
ㅎㅎ 나두 발라당, 부비부비, 골골송 할 수 있쩌요. 치킨도 잘 먹고 참치두 잘 먹어유…. 보증금 급감할 수 있남유?

슈니
오늘은 빵~ 터진 게 아니라 빵빵빵!!! 폭죽 터졌네요.

K
아놔~~ 왜 이래유~~~ 사무실서 읽다가 미친 여인처럼 넘어갔잖아유~ 진짜 불금에 이러시믄 완전 좋지 말유~ㅎㅎㅎㅎ

순주
지적당했습니다. 왜 혼자 낄낄대냐고…

미희
룸 상세 설명 넘 감사해유~ ㅎㅎ 연탄이 복이 터졌네유^^

주은
쓰러질 뻔요…. 제가 읽는 거 보구 다들 옆으로 옆으로 돌려가며 읽고 결국은 어제 댓글 달 짬도 없었다는 거는 안 비밀! 연탄이 다쳤던 때가 떠올랐고 마치 지금 퇴원한 듯 다시금 기뻤잖아요~~~

묘연

2017년 7월, 프로젝트 수행을 위한 임시 숙소, 가설 사무실
이 모두 헐리고, 난 사우디 읍내 호텔로 옮깁니다. 이 민박
집 같은 호텔은 남은 몇 개월 동안 프로젝트를 마무리하는
사무실, 직원들이 누워 잘 수 있는 보금자리가 될 겁니다.

몇 달 전부터 고민했고 준비했던 과업, 연탄이와 챠챠를 데
이츠 왕국으로 보냈습니다. 그런데 각오했던 것보다 훨씬
더 그 빈자리가 허전합니다. 이 텅 빈 공간을 무엇으로 채워
야 할지 모르겠습니다.

읍내 호텔 주변을 둘러봅니다. 호텔 바로 옆에 아이스크림 베스킨ㅇㅇㅇ, 피자ㅇ, 닭튀김 케이에프ㅇ도 있습니다. 읍 내치고 뭐… 괜찮네.

슬슬 걷는데 웬 길고양이 한 녀석이 길모퉁이에 앉아 날 빤 히 쳐다봅니다. 마스크를 쓴 듯 검은 털이 눈가를 덮고 있 습니다. 마치 쾌걸 조로 같습니다. 머리는 정확하게 오대오 가르마, 검은 머리카락, 검은 꼬리, 흰 몸통, 흰 얼굴, 흰 장화.

이 녀석… 슬금슬금 다가옵니다. 내 다리를 스윽 스치고 내 주변을 왔다 갔다 합니다. 그러다 다른 사람들이 지나가자 경계하며 경직됩니다.

"거참, 희한한 놈일세.
왠지, 새로운 묘연이 시작될 것 같은 촉이….."

수다, 안 읽어도 그만

연탄이 이야기는 페이스북(FaceBook) '고양이'와 '고양이를 생각합니다' 그룹에 연재했었습니다. 동영상과 함께 연탄이 이야기를 다시 보고 싶은 분은 위 그룹에 가입하고 '연탄이 1편', '연탄이 2편'과 같은 식으로 검색하면 보실 수 있습니다.

처음엔 그냥 연탄이가 그리워서, 고양이 덕후들과 이야기를 나누고 싶어서 가볍게 올렸는데, 많은 분들이 다음 글을 독촉, 협박해서 밤잠을 설치게 되었습니다. 글을 늦게 올리면 정말 맞아 죽을 것 같아서 차라리 잠 못 자서 죽는 게 낫겠다 싶었죠.

페친분 중에 이 이야기를 그냥 묻어 두지 말라고, 책으로 내라고 하셨고, 사우디에서 우리나라로 복귀, 게으름을 즐기다가 이제야 실행에 옮겼습니다.

어쩌면 난, 이 글을 쓰며 연탄이를 추억하는 걸
오래오래 즐겼는지도 모르겠습니다.

책을 내라고 압박해 주신, 항상 공감하고 울고 웃었던 페친분들께 감사의 마음을 전합니다.

지난 세 권의 책에서도 고양이 얘기를 살짝 넣었었죠. 고양이에 무덤덤한 친구가

"다음 책에는 고양이 얘기 좀 안 쓰면 안 돼?"

난 그 얘기를 듣는 순간, '어? 그래? 그럼 고양이만의 이야기를 써 볼까.' 반항심이 들었어요. 글을 쓰게 된 동력의 한 부분, 반항심을 끄집어내 준 친구 L에게 고마움을 전합니다.

수다, 안 읽어도 그만

페북에 글을 연재하고 나서 우연히 어떤 젊은 친구와 소통을 하게 되었습니다. 최근에 길고양이를 집으로 모셨는데 -자세히 기억은 나지 않지만- 초보 집사로서 이거저거 묻는 질문이었어요. 나름 유경험 집사로서 조언을 하며 이야기를 나누다가 왜 길고양이를 집에 들이게 됐는지 물었죠.

"연탄이 이야기를 보고 길고양이가 너무 불쌍하고 이뻐서 들이게 됐어요."

'아… 연탄이 이야기가 다른 사람의, 고양이의 삶에 영향을 주었구나. 이 얘기를 나누면 고양이를 통해 내가 느꼈던 그 감성을 다른 사람들도 느낄 수 있는 기회가 될 수도….'

이 책이 길에서 사는 우리의 이웃을
좀 더 따뜻한 눈길로 볼 수 있는 자극이 되면 좋겠습니다.

쓰다 보니, 지난 책에 있는 글과 중복되는 내용이 일부 있는데 이야기의 흐름 때문에 그냥 내버려 두었습니다.

인상 깊은 댓글 주신 분 중에 허락을 구하고 이름과 댓글을 그대로 인용했습니다. 허락을 구하지 못한 분들은 영문 이니셜로 표현했어요. 이렇게 책으로 만들고 다시 읽어 보니 한 분 한 분 모두 기억이 새록새록합니다.

'연탄이' 연재를 페북에 하고 나서 많은 분들의 응원으로 난 계속 연재를 하게 됩니다. 해외 읍내 호텔 생활했을 때 내 유일한 친구가 되어 준 호텔냥이 대오와의 우정을 그린 '길냥이 납치', 사우디 현장 캠프에서 종이 박스에 버려져 일단 살리고 보자며 동거를 하게 되었던 '챠챠'의 골 때리는 육아일기, 한국에 귀국하고 나서 충남 아산에 근무하며 동네 뒷산에서 만나 묘연을 이어 간 '산냥아치'는 꽤 오랫동안 연재를 했습니다.

생업으로 팍팍해진 몸과 찌든 마음을 길고양이 친구들이 저녁마다 나릇나릇 촉촉하게 해 주었던 만큼, 그 가벼움의 대가인 무거움, 책임이라는 이름의 힘들었던 경험도 여러 번 겪었습니다. 하지만 모든 시련에는 그 어두운 무게를 함께 짊어지셨던 분들이 있었습니다.

수다, 안 읽어도 그만

맨날 대장냥이 호동이한테 물려서 늘 상처를 달고 살았던 압도적 얼굴 크기 금둥이를 기꺼이 입양해 주신 둥맘, 불의의 교통사고로 척추가 끊어져 칙칙한 수로 속에 숨어 바들바들 떨고 있던 꼬맹이를 기어이 찾아내서 구조하시고, 수술과 회복을 거쳐 살려 내기까지 함께 해주신 돌보미분들, 그리고 결국 하반신 마비로 평생을 살아야 하는 그 아깽이를 집으로 데려가 딸내미로 받아 주신 벨라맘.

삼겹살집 앞에 느닷없이 나타나 눈 찡긋 애절한 울음으로 참치 삥 뜯기로 시작, 서서히 관계의 거리가 좁혀져 둘도 없는 절친이 되었던 소녀 엄마냥 꽃분이, 그리고 신뢰가 쌓일 무렵 꼬랑지 하늘 높이 엄마 꽃분이를 따라온 아들 필구 - 이하 꽃필 -, 가게 앞 공간을 밥자리로 내어 주시고 꽃분이 돌봄 협약도 흔쾌히 체결, 묵묵하게 챙겨 주신 고기집 강백정 사장님과 직원분들, 오랫동안 깊은 고민 끝에 꽃분이의 엄마, 필구의 할매가 되기로 결심하고 그 가엾은 꽃필 모자를, 보금자리였던 가설 건물이 철거되기 직전 극적으로 따뜻하고 아늑한 집으로 꽃가마 태워 모셔 간 꽃분맘.

아산 이순신대로에서 차에 치어 넘을 수 없는 절벽이 되어 버린 도로 경계석에 웅크린 채 차갑게 식어 갈 뻔했던 순심이를 살리기 위해 정신적으로 물질적으로 함께해 주셨던 수많은 분들, 그 연민과 정성에 보답이라도 하듯, 엎친 데 덮친 격 유미흉과 범백까지 침범했지만 순심이는 씩씩하게 스스로 이겨 냈고, 어렵게 어렵게 대수술 후 다행히도 생명은 얻었지만 결국 하반신 마비에 자기 배변도 할 수 없었던 그 아이의 다리가, 엄마가 되어 회복의 기적을 실천하고 있는 쫄떡맘.

너무나도 많은 분들이 생각나서 한 분 한 분 더 얘기를 하려다가, 문득 분기별 한 번씩만 아이큐가 세 자리가 되는 나의 저질 지능으로 혹시나 빼먹어서 혹여나 서운해하시는 분이 있지는 않을까 소심해져서 고마운 분들 이야기는 여기까지만 하겠습니다. 이해를 구합니다.

군산에서 길고양이를 돌보는, 고양이 대모라 불리는 페친 분, 아마 아시는 분들도 많이 계실 거예요. 군산 화살촉 눈에 박힌 고양이 이야기. 그분께서 올린 글 중에 나를 한없이

수다, 안 읽어도 그만

겸손하게 만든 글이 있어요. 화살촉 박힌 고양이 모시를 구하기 위해 몇 날 며칠 구조 활동을 하다가 발에서 고름이 나오게 된 영상이었죠.

고맙습니다. 고맙습니다. 고양이를 좋아하는, 생명을 소중하게 여기는, 그런 따뜻함을 묵묵하게 실천에 옮기는 많은 분들, 존경합니다.

그런 분들에 비하면 저의 이야기를 책으로 낼 만한가 꽤 오랫동안 고민을 했었습니다. 하지만 결국 나의 근본 없는 뻔뻔함이 이렇게 또 책을 내고야 말았습니다.

책을 낼 때마다 그렇지만, 속에 있는 걸 훌훌 털어 버린 후련함을 즐기며 가벼운 고민을 누립니다.

'다음 글은 사람 얘기를 쓸까, 고양이 얘기를 쓸까, 아니면 섞을까. 연탄아, 어쩔까?'